芭蕉の背中

髙橋宗司 詩集

コールサック社

詩集　芭蕉の背中

目次

Ⅰ章　芭蕉の背中

Ⅱ章　深夜のパンジー

詩集　芭蕉の背中

高橋宗司

Ⅰ章　芭蕉の背中

芭蕉の渇き

道の辺の木槿《むくげ》は馬に喰はれけり　芭蕉

〈あなたは無花果が好きですか〉
粘りの抵抗を払い皮を剝ぐ
淡いイエローの果肉の中央は桃色
桃色のギザギザの裂け目に唇を当てる
疲労の極みの肉体
こころの奥をＢＧＭのブラームスが揺れ

国道四号は登りにさしかかった
芭蕉の　おくのほそ道　を追う徒歩の旅
昼食後歩道を歩くこと四時間余

東北への地白河は小夜《さよ》の関越えとなろう
空腹だった　水　水が欲しい
長時間コンビニもなく激しい喉の渇き

その折前方に鈍色に光りぶら下がる数個の玉
瞬時のとまどいののち手が伸びた
濃厚な液体の滴り　ほんのりとした上品な味
無臭であることが甘い匂いの感へと転化する
〈あなたは無花果はお好き〉
疲労のからだ潤し関越えをうながす無花果よ

うす緑から紫へ　濃い朱色へと来し方の推移
〈無花果はお好き〉
顧みればわれら愛の生命
生命の重みと痛みと

喜びと哀しみと
第四楽章に入り到って　祈る

俳諧なる優れた文芸形態の完成者　天才芭蕉
かの人生は幾多の文芸のイデアを編み出した
〈白河の関越えむとそぞろ神のものにつきて
心を狂はせ〉死を賭した旅　芭蕉が抱いた憧
れ　その白河の関に到り
ダイヤのように浮上したたかが無花果の物語

自然に生きようね
固い意志を保ちつつも　流れに身を任せ
われらのスローガン　祈り
旅の途上出逢った
数個の無花果のかけがえのない味

ああ　もしやあの風狂のひともまた
高い激しい渇望を抱き
長い長い旅を続けたのではなかったか

芭蕉の背中

雲の峰幾つ崩れて月の山　芭蕉

――あそこにひとつ　向こうにみっつ　ビル残り　眼前に大きな寺
あとは海に向かう野原だ　被爆地広島・長崎のみたびの爆心地
ではないのか――

霧雨でありながら
雨は五月雨として　船上を　松島湾を濡らし
舟は洋上の川を行く　とガイドのお嬢さんの声
下船し歩むこと三時間
松島・瑞巌寺杉並木参道を　私の涙腺もろく

住職吉田道彦老大師の書「松島前進」の文字は太い
別のひとりの老師の重い言葉を耳にして
　いち津波二に空襲と杜鵑花《さつき》の師　　宗司

成瀬川の橋上を左折し歩く　五月雨が始まっている
一、九八〇円の雨合羽の中で　雨が私の涙を匿う
石巻に向かう国道の右
このあたり海は一キロ程先である
田んぼに打ち上げられた　冷蔵庫・テレビ・車・巨大な松の根っこ
田んぼから潮が匂い立つ　海が匂う
田んぼを背後に抱えた夕暮れのコンビニの外
リュックの私　たばこを口にする

すると同類が私の方に寄り　私を呼び　請う
顔中髭面　前歯欠けた男

その時俺は建具屋にいた
男は先ずそう言った
　俺に用事があったわけではない
　俺に用事などというものはない
　ぐらっと土地が揺らぎ
　一瞬　俺は材木に手を掛けた
　建具屋のおやじが俺に警告した
　材木の下敷きになるぞ　とな
　庭に捨てられた臼をつかみ　跪いた
　揺れはしばらく続き　さらに続いた
　俺は臼にかじりついていた
　そのあとぐるぐると歩き回った　記憶がはっきりしない
　海に呑まれた数台の乗用車　田んぼに滑って行った三台の車
飢えたる男はもぐもぐと語った（それは私自身のようだった）
　俺　もと大工　木造家屋建築の大工だった

今木造の家建てる者なんぞ　いなかっぺ
こうして俺は失職した　こうして俺は浮浪人
墓地のあちらこちらに供えた饅頭喰って回る
三度のメシが俺も喰いたい　酒を飲みたい

宮城テレビの青年がリュックの私に声を掛ける　一見ボランティア
風の私
　どうしましたか　お疲れですか
三二二年前憧れの芭蕉と曾良が訪れている日和山
石巻十六万市民の　一千人が命を奪われた地の　この丘
標高いきなり六〇ｍは丘とも言えない高さ
宮城テレビが報道する二〇一一・五・二九被災地ピンチ台風来襲
石巻市街一望の山　山の花乱れ
野の蔓空へ急ぐ　山上

眼下

あそこにひとつ
向こうにみっつ
ビル残り
眼前に大きな寺
あとは　海に向かう野原だ
被爆地広島・長崎の
みたびの　これは爆心地ではないか
などという幻想　妄想

下れば　何か焼け跡のごとき臭い
石巻国道歩道の側溝につづく白い粉塵に　無理解の私
かの松尾芭蕉を追う「おくのほそ道」二、四〇〇キロ徒歩の旅は
哀悼を思い　弔問の旅に化す

私は歩み来った髭面の　先ほど分かれた同類を思い返す
私がメモのため立ち寄ったコンビニの外
節電のささやかな光がいつまでも光り続かんことを
「被災者」髭面のために
コンビニの光がいつまでも届くように　祈る

繭

段ボール様の無数の空洞を持つ容器から
繭に変貌した蚕を一つずつ引き剝がす
繭がパリッと音を立てる
蚕
そして繭の記憶には
いくつかの音と声が伴っている
漸くにして剝がれるパリッという音は
繭の最期のあらがいの声かも知れない

サンミン　ヨ

母の声がする
三眠なる声の響きがいまも耳の奥にある
いち眠とか四眠とも話していた
三眠のあと蚕は桑の葉を喰いに喰った
ザーザーとふる雨の音で目が覚める朝
障子という紙で仕切られた隣の部屋で
眠りから目覚めた何百何千の蚕が
桑の葉を喰っている

来る日も来る日も母は裏庭の北にある畑で
桑の葉を摘んだ
裏庭と桑畑の間にある数本の大きな欅の樹
防風林の蔭になる裏の畑は陽が射さない
桑が葉を繁らせたのは
桑の性質だったろうか

ぼくも桑の葉を摘んだ
母の隣で桑の葉を入れるぼくの籠は
母の籠よりも早く一杯になる
その訳をぼくは知っている
母は葉をギュッと詰め込むのだった
　早イネエ
母は微笑んでいたとおもう

蚕は眠っては覚め　食べた
それはぼくらの生きる姿に少し似ていた
卵から蚕へ
繭＝蛹から成虫へ
そしてふたたび卵
蛹の大方は見殺しになり生糸絹糸に変容
命の一部は生かされ

それが繰り返された
蚕が人間の家畜になって五千年
さだめとしか言い様もなく

或る日　己の口から吐き出す神秘の糸で
蚕は自らのこころと体を包んで行った
蛹になり　いずれ成虫となり
真白い楕円の
繭は素敵な住居である
雌が卵を産むまでの安住の家
直径一・五センチ長さ三センチ程
両端はラグビーボールより丸みを帯びていた
ひとはそれを蚕の完結と考える
麗しい生涯とする
こんなことを母がおもったかどうか

ぼくは知ることが出来ない
すでに母は
ぼくに応える術のないはるかな遠いところ

こんな声も耳底から聞こえてくる
　ナツゴ（夏蚕）
アキゴ（秋蚕）

何回も季節は巡り
そのたび母は静かに見守った
真白い無数の楕円が車に積まれ
買われて行くのを見送った

彼女によりぼくは育った
母がいなくなって十年
母の丹精が籠もる繭は絹糸となり　織られ

綺麗な衣に変容して
誰かのからだを包んでいるだろうか
その行方をぼくは知らない

母の忌日

東日本大震災のあった年に
母はこの世から消え去った
震災と無縁の老衰であるが
今生の終わり　当然ながら
私の前に再び現れなかった
死の三日前私が出来たての
私の　作品集を差し出すと
一瞬眼が輝いたようだった
今年も十月その忌日が来た
昨年帰れなかった故郷の墓

コロナは　下火で帰れるが
今年も帰れそうになく多忙
誕生が早朝だったという私
私は　早朝から準備しよう
紫の桔梗と黄の菊を添えて
線香を立てる　仏壇もない
明るく狭い和室の床の間に

故郷

西所沢駅ホーム

秋　祖父の手に引かれる三歳半の児の左手
意気高く　厚手の和服姿の祖父
憂き　世の
駅　西所沢駅
熾の　赤い炭火のように記憶が生きる
生まれて初めて出会ったホームなるもの
鉄道駅ホームが眼前に小山の姿で立ち現れる

川越市に関する二題

Ⅰ　なぜか少ない父の記憶

けれどのシーンも重たい
（小学六年夏季休暇　愚かな私は父に殴られ
　世界に自覚的に向かい始めた）
父の最初の記憶は川越の喜多院であるようだ
達磨市　手を引かれ人混みの中を歩いていた
突然父の脚や腰が視界から消えた
大樹の根元に隠れた父は
三、四歳の息子の様子を観察している
父にはどこか乱暴な思考　冷酷な行動がある

Ⅱ　K工業高校

所沢から北上　川越に通学した

男子だけ在籍する　理科系高校の文芸部員
私は詩を書き　同学年の岡田君は俳句が得意
後年　或る俳句協会の
岡田は埼玉県事務局長　私が千葉県事務局長
それも同時期　という偶然
　狙撃手の死角で闌ける蛇・蕨
　月渉る湖上に櫂を失したる
天上の岡田君に改めて掲げる遺句だ

ぎっちょの女子高生

一九六四（昭和三九）年秋　大宮公園
埼玉新聞・埼玉詩話会共催詩のコンクール
私の詩「帰らないものへ」が高校生の部で
三位に入賞した　幸いなことだった

詩は　教員だった叔父の儚い生を悼む
大宮公園の一角で授賞式開催
佳作を得た熊谷の女子高生を知る
或る日荒川のたもとをデートした
川に石を投げ込むと彼女も投げた
彼女の石は水に届かなかったけれど
予測の通り左投げ

狭山丘陵　多摩湖駅伝

あの　上りと下りが好きだった
南北四キロという狭山丘陵を挟む
都下と所沢市内の三十校もあったろうか
多摩湖二周八区間の中学校駅伝大会
四区を走った

八番くらいで襷を受ける
私に課された命題は二〇m程前を行く二チーム に追いつき　追い越すこと
ライバルの背のゼッケンが初冬の陽に揺れ
二km余のラストの下りで果たせた使命

サクラチル

サクラチル　の電報を私はもらった
自己否定の甘さはそこにない　私は
他者から必要のない人間と見なされたのだ
大手企業のくれた電文
二次試験の面接で　不合格
人格が駄目だったのだと思われた
高校進学時から大学進学は考慮されない身

私は地元のT化学工業（株）に拾われた
入社し柳瀬川を渡った
高校で学んだ化学の知識が多少生かされた
桜がまぶしく咲いていた

大学受験

オランダへの製品輸出も手掛ける中企業
一緒に入社したN君　事務職に就いたKさん
Eさんに『風と共に去りぬ』を借りた
初めての本格的な恋
一年半のたっぷりと人間味ある生活だ
いつからか私は教職に憧れ始めていた
夭折の叔父　俳句・短歌・随筆の遺稿集
教員生活の歌が鮮やか　魅惑された

受験勉強の的は英語に尽きた
ヘミングウェイの『老人と海』の翻訳を
十九日間で成就　自信を付けた

いま私は回顧する
私自身が予感していたことを
故郷をふところに
未知への私の航海が始まるのを

ミヤコタナゴ

あの時代は良かったと思い出を語ろうというのだろうか
清冽な流れ　流れに揺らぐみどりの苔
喪われてしまったと無様にも嘆こうというのだろうか
確かにあれは六十年も前のことだ
狭山丘陵の北西部から流れだした東川
我が家の南二〇〇m辺東川は上流から中流域へと変わる
流れの方向の右側は高い切り立った崖
左側は小さな田園を形成している
流れは広いところで三m狭いところが二m
川床は大石小石　深さ一五cm

アメリカザリガニが川底をのっそり歩いている
泥鰌も隠れずに姿を現すが関心はそれにない
広い川幅のところ流れに向かい右側の高い断崖を
形成しているところ　淵があり草が蔽っている
そこにぼくの目的の魚たちは棲息する
春が来た　茶摘み用の笊を抱え空き瓶抱えて単独行
狙った淵は水深が二〇cmを超えている
まず周囲の大小の石を集め縁を囲う
堅固な縁のよどんだ水をバケツで徹底的に掻き出す
いるいる　いたいた
空想と期待と憧れ　ピンピンと跳ねるものたち
ミヤコタナゴが現れた
朱色の腹部や青い線に震える鰭《ひれ》
ミヤコタナゴと鮒の相違は明瞭だ
ミヤコタナゴは厚みが無い　繊細な平たさ広い横腹

うつくしい朱色や青く光る色彩
生きた宝石を得た快感にぼくは酔う
思春期初期しなやかにくねるミヤコタナゴに
異性のからだへの憧れが重なる
あれらのミヤコタナゴが東川から消えた
建築が襲撃のように丘陵地帯を削り一部は暗渠の東川
しかし
そのミヤコタナゴが尚も関東平野南部に棲息というのだ
ぼくはまだ夢を持てる　遠い過去の思い出ではない
再会の時は優しく挨拶を交わすのだ

愛しい存在

私が小柄だからといって
大きなものが嫌いというわけではない

確かに
野草の花　黄や紫や赤の小さな花の愛らしさを好む
けれど私は向日葵やカンナ　夏の巨きな花々も好きだ
皇帝ダリヤさえ嫌いというのではない

植物が動物より好きな私だが
私は荷を運ぶ象が好き　狭い檻に閉じ込められたキリンが好き

自由な空に突き出たキリンの首の輝きが好き
ゴリラはもっと愛しい存在だ

なんて巨大な淋しさの所有者たちよ
ゴリラ　そんなに大きな音立てて食事をしないでくれ
だが私を大きなものが嫌いとみたらそれは大きな誤解だ

この頃はコロナのために　というのは口実で実は貧乏のため
観に行っていないイルカ・ショー
ホテルのショーを観たのはもう三十年も以前のことだ

そこにはシャチという巨大な鯨族の仲間がいて生意気だった
哀しみを背負った乱暴な巨体
一方　小魚　私の胸に生きてピチピチ跳ねるミヤコタナゴの輝きが
なぜ　好きなのか

植物　哺乳動物　魚族
そして哺乳動物の支配者ホモサピエンスがなぜ好きなのか
だが人間を一括りにしそうな　詩の持つ危険を知らなければ

不要な一本のステッキを身に着けて出た
五月の庭に
遊ぼうと極小な薄紫の蝶が現れた

百花

草は
あらゆる草が花を咲かせている　嵐が来る
どっと　涙腺を伝いくるもの
人間は草にそっくり
どの花が私か　あの濃紫のちいさいの
それとも朱色の種のかたまりみたいな花か
泣いて咲き　笑って咲く
喜び哀しみを
草は人間に似ている

敵は
ひとが言い　私もおもう
最大の敵は　おのれ
私の精神が放物線を描く
突如として襲う波浪
その時　線上の頂点で歌う　私は雲雀だ
時には他者と遮断し不動の深海魚となる
私のえがく放物線
双曲の美と醜

影は
あれらの日　少女の胸が高鳴るのに
気付かぬ振りをし
バスケット部のキャプテン
練習を乱す部員を平手でうつ

或る日　練習の途頭部手術の大けが
文芸の会に初めて出席する
純粋の喪失
屋上を落下の幻影　脚を引く女生徒の幻影

時は
何故就職か　大学に進まぬか
面接者の質問鋭く　大学は不要と応える
電報　サクラチル（お前は必要ない）
馬鹿だな　そんな答えをと苦笑し肩に触れる担任
洪水のような時間の去来よ
線路下の緑地に赤ヘルを棄て
都会を離れ　私は教員に
たくさんの花の高校生を迎え　そして送る

東川

男のきたえた腹筋　胸筋
上腕はかたく盛りあがり胸郭はふくらむ
男の胸筋を左右に隔てる襞
だがそこに異変を発見した
襞に寄せるさざ波の存在　縦の老の皺だ

狭山丘陵から東川は流れ出る
最高標高二〇〇ｍに到らぬ丘陵
東西一一㎞南北四㎞に
明瞭な隆起を生成した

川は丘陵と共に在り数千年の時を刻んだか

祖父は少年となだらかな北岸に歩み入る
梅雨明けの岸はみどり濃い草むら
夕空を乱舞し
足元に呼吸と似た光源が点滅する
休む蛍を生捕りにし　蚊帳に放ち

寝物語が始まる　巡礼お鶴の傾城《けいせい》阿波鳴門《あわのなると》
五郎十郎の曾我物語を祖父は展開した
いずれもクラシックな悲哀のストーリー
祖父は幼時に父母と死別と　知ったのは後
朝　蛍の屍骸が発見された

少年は兄弟姉妹の真ん中　映画を忘れない

（まんなか　まぐそ　はさんで　すてろ）
雛屋の子　雛人形造り祖父　眉描きが得意で
少年の面倒をみ　連れて向かう
青い芝生が覆う共同墓地は公園の様だった

墓石建立し軍曹と刻みながら二男の死を
祖父母は信じない　昭和二十年八月
フィリピン・マニラ東部モンタルバン山地で
ついに銃撃に斃れた祖父の二男
二十六歳の皇軍兵士

沃野茶畑　坂多い町　狭山丘陵の一角
東川の南岸は八ｍの断崖だが丘を一本
道が登ってゆく　橋にかかると川幅広く
右手に辿れば断崖は一層鋭く

川には山蟹　鮒　ミヤコタナゴが棲息する
さがやまと呼ばれる道行きの頂きは学校
朝は上り　夕べは下り
満っちゃんと帰る　手を繋ぐこともなく
一個の石を蹴り　蹴ることをいつか忘れ
点数低いテストを破り　東川に流す

六十年後道を辿る
コッペパンに似た丘陵　深い林が消え果てた
在ったものが去り　無かったものが現れ
鋭角が円みを帯びた鈍い線に変わっている
汚れた川に　けれど生き抜く新たな魚が撥ね
揺るぎない時の経過

桜花はひらき容赦なく散って行った
故郷山河と生活の土地双方にひらく花
各々に土地固有の姿と普遍の形を持つ
それなのに何をこだわるのか

狭山丘陵に褶曲なる襞が刻まれる
老いの男の鍛えられた左右胸筋の襞
その襞に発見する
かつての少年の胸にさざ波のような皺が
容赦なく縦に刻まれているのを

おまじない

今は昔
私たちの二人の男の子は
サンタクロースの存在を疑わなかった

その年も
深夜　こっそりと子供部屋に入った
計画は私がし行動に移ったのも私
二人は枕を並べぐっすり眠っている
野球のグローブを枕の脇に置いた
兄には大人の　弟は子供のグローブ

完璧だ

草野球の道具一式を私は持っていた
日曜日の昼近い時間などに
子供とするキャッチボール
それは忙しい私の夢の一つだった

翌朝　日曜日だったろうか
私たちは子供部屋に上がる歓声を聞いた
　ねえ　もう教えてあげようよ
　サンタが　居ないこと
妻が言った
　純ちゃんのクラス　サンタを信じているの
　たった二人なのよ
私は渋々同意した

今は昔のことを
なぜか節分の今日　思い出した
私たちの家では今も　鬼は外をやっている
小さな声で　玄関の扉を閉じたまま
それから　そっと扉を開ける
鬼の逃げ道を作る

かわいそうな鬼
まるでおまじないのような私の行為

誕生の日に

I

あなたの誕生が喜びを与えている
あなたは父と母を喜ばし兄弟姉妹を喜ばした
小学生の時は小学校の
中学生の時は中学校の　友人に喜びを与え
国語の先生に教える喜びを味わわせた
蒲柳《ほりゅう》の質で砲丸投げにいどみ
砲丸投げの選手である友人に笑みを与えた高
　校時代
あなたに依って青春の生を確かめた学友たち
あなたに依って

己の存在が必要とされているという喜びを
知った最も幸せな彼　結婚へとつづき
あなたからの愛をわがものとし　あなたに育
まれた御子たち
この誕生の日にも　あなたのヒューマニティ
に恵まれる人間がいるに違いない
あなたの誕生が他に喜びを与えている
そのことをあなたが知らないだけだ

Ⅱ

あなたが所有する
翳りどこかに　それでいてお茶目で
知性の深さと細やかな感性
喩えばあなたに似た花

肥後椿　水仙　あじさい　萩　コスモス
あなたに見えないだけだ
己のことは自分なる人間には見えない
自分の顔は見ることができない
鼻がうっすらと見え
もう少しで自分が捕らえられるのだけれど
けれどあなたが生み
あなたを離れて行った作品が語っている
淡く繊細な哀しみをたたえ
生の機微をつかむ詩句
どこかにほのと在る喪失感
にもかかわらず満ちたりた表情が存在する
哀歓　よろこびとかなしみの共存
さあ　作品の顔に
母としての自分の顔を確かめよう

Ⅲ

国生みの神話
古事記の神話は
その頃この列島でつかわれていたことば・口
　承のことばを渡来の漢字で表記したものだ
「お生みになった」の意の
大和ことば「生みませる」が登場している
余談になる
ＮＨＫは昨夜　インテリゲンチャ・タモリを
　舞台に立たせた　淡路島のブラタモリ
伊邪那岐神・伊邪那美神の三たびに渉る行為
　結果　何とか生まれ出た最初の島は淡路島

こんにちの日本語に綿々と繋がっている

原日本語とでも呼ぶべきことば
大和ことばに繋がる
倭語すなわち弥生語　古墳時代語と名付ける
　べきことばの　話されていた時代から
誕生の日は愛でたい日だ
お祝いの日だ

Ⅳ

漱石の『それから』は過去形になったが
あなたの　これから　は未来形だ
来年の誕生の日　再来年の誕生の日
さらにのちの誕生の日が巡り来る
山を越え谷を越える
それはいつも　過ぎた事件に浸り

やがて来る時間に思いを馳せる日となろう
祝福せん　おめでとう
大事なのは未来形成のこころざし

未来はあなたに
どのような物語を奏でるだろうか
あなたの作品が
いつ　どこで　だれが　なにをと考慮され
なぜ　どのようにと構想されるように
あなたの人生を自然体で創って行こう
祭りのように賑やかに
ときに静かに

Ⅱ章　深夜のパンジー

生き物

小妖精のような姫女苑の花
切りとるや直ちに萎れた
透き通るガラス製の花瓶に
小さな赤紫色の花瓶に挿す
別の草と一緒に

初夏というのに
中に　紅葉が一枚
人の世では差別されそう
五ミリ程の蕾を付け

どんな花になるのだろう
どれもあわれ

けれど　かれらが慰める
私を
瀕死のようだった姫女苑が花瓶いっぱいの水に
息を吹き返す
ああ
この世のあらゆる草花
この世のあらゆる生き物

東方の天

崩れるものは崩れ
崩れるものは崩れよ
積み重なって崩れる大量の書物
さらば私の過去

机上に咲くことを強要され
いま蕾を割ろうという山茱萸《さんしゅゆ》
その黄色
開花直前　つぼみの山茱萸よ

命令受けるもなく
殻を突き破り咲けば　ともしび
灯が　けれどともしびが
東方の天にほの見えて

敗北の蜥蜴

喧嘩は終わるところだった
でなければ
僕に気付いてやめたのだ
残った蜥蜴《とかげ》は闘争心で一杯
前脚か手か喰われている
僕が見つめても
昂然として逃げない
勝利の蜥蜴は疾《と》うに消え
逃げ去っていた
僕の眼に気付いたのだった

何ということか
これはどういうことか
そして　僕は理解した
人間界に引き比べる
人間界によくある姿だと
夏の陽に焼けた
コンクリートの上
敗北の蜥蜴は
浩然として去らない

桜

Ⅰ

静かにふりつづいた雨
夜明け雨やみ
鳥が樹から樹へ枝から枝へ飛び　さえずる
鳥はことばを交わしているのだ　たぶん
スピッツ　スピッ
オ早ウ　気ヲツケロ　行クゾ　スピッツ　スピッ
風が立ち　細く花びらにふれてゆく
朝　散るまぎわの桜の美

弥生の太陽がぐいぐいと力強く昇る
西側二〇〇mから眺望すれば桜百選の一　清水公園

吉野の山に似た孤高の島
島の中央部は付根から天辺まで大きな白い塊りである
戻り道は整備された外苑を巡る道から入り
平城山《ならやま》の坂道かと錯覚される細道
淡い紅を示しながら花は総身が白く輝いている
光りが強いほどに陰も濃密でありそう
なのに　影という影は消えゆき　風は落ちたまま

発光体になりつつ夕ぐれの桜
一陣の風　生じるのに伴い
ぽっかりと穴をあけたような影が取り戻される
散りかけた桜を追撃し食べ残すことなく
鳥は花びらを食いつくした
ねぐらは何処か
ねぐらに帰らねばならない鳥の夕暮れ

桜 Ⅱ

桜が咲くと時に訪れる塩っぱい記憶
　サクラチル
この言葉は私という存在を打ち消した報告の電文
　サクラチル＝お前は必要ない
添えられた季節の挨拶文風に
十七歳で味わった就職試験　不合格
サクラチル
呪文のように唱えずともよみがえることば
深かった傷をその血を気丈に堪えていた若気

深夜のパンジー

深夜の机上でパンジーが私に弄ばれている
うすむらさきと黄色の花弁が重なる　奇妙な出で立ち
花は　萎れ加減　下を向いている

その時ドーンと音がした
私のからだは浮上し　次に沈下した
落ち着くやテレビをつけた　震度は　四でなく三
震源　私の棲む町の川向こう茨城南部

さらに落ち着き　喉に渇きを覚える

パンジーに水を与えた
私も水を呑んだ
私の肉体と精神が同時に安らいだ　たぶんパンジーも

三十分ほど経過　パンジーが生き生きし花は首をもたげた
私も動揺が嘘のように生き返った
ふたたび書き始める

六月の朝

六月の朝は三時半にやってくる
鳥もまだ鳴かないので
理由も無いのに私が泣き歌って上げる

机上の野草の葉と茎と花が鋭敏に
朝の訪れを歓待する
花は己の頂点をさらにもち上げ　葉がぴくりと羽搏き
怠惰な鳥を代行する　健気な愛しさ

ぼくは時間に乗ってゆく

音立てず　色を見せず　匂いもさせず
ピーターパン同様に時間の上を行く

だがピーターパンのようには
空は叶わず
愛する車で時間上を行くのだ
住居から七キロ先の利根川の土手へ

鳥たちが鳴き歌いだす　雲雀　燕　鶯
恋してますよと雉の胴間声
解放された私は泣くのを鳥類に任せる

あるところは雲海のような流れ
東方の未だ太陽の昇らぬ青灰色の空に
有明の月が残り

万葉の歌垣の山　筑波山が姿を現す

私は土手の足元にも注意する
貪欲な私の手が
鷲掴む野草の花

私は何を歩いているのだ
私を過ぎ去っていった人々を
胸に仕舞い込み
自然な時間軸上の孤独の道に歩み入る

夏のたそがれ

わたくしはＳ公園の　もみじ谷と呼ばれる坂道
全景の深い森をバックに動物園・パーラー設置の高台と
四季の植物園・水上遊具施設を備える低地を結ぶ　坂道
走る人　速歩の人　犬を引く人　物憂げに歩む人　ペダルを
踏む人　人々がわたくしの背中を上ったり下ったりしてゆく
ひとは歌い口笛を吹き笑い　或いは無言で
わたくしは悦び哀しみが行き交うのを　背中に感じている

いまわたくしの傍らを生きる青紅葉
その葉を潜る夕陽
青年の口笛に蜩の音が共鳴する

雨中の蟬

朝から　雨がふっている
昼を過ぎても　雨は上がらない
雨脚は　相変わらず強く
青葉をたたき
百日紅の桃色の間を走りおりてくる
雨の中を　蟬が啼いている

みんみんが啼いている
なぜ一匹なのだろう
他のみんみんは　啼かないのに

孤独な蟬の音色はけふ鈍い
いつもの　天真爛漫を欠いている
逡巡と猜疑の声音

枝のあちらであばら骨が折れた具合の
素っ頓狂で単独のひぐらし
あなたがたの習性は
相手と集団で交わす
引き合う潮のような合唱
あるいはぼくの好きな対話劇だ

みんみんは
あくまで空の碧を希求し
ひぐらしは
昏れゆく夕べの光線を待つ

仲間たちと共に啼きたく
愛の歌をうたい合いたい

秋の蚊

私が今宵　私の長い部屋で机上のパソ
コンに向かっていると秋の蚊が私の邪
魔をしに飛来した　奴はたかが哀れな
秋の蚊　であるにも拘わらず果敢に食
料である私の血に挑もうとし　私は幾
回かの襲撃にその都度立ち向かった
私は詩を書くつもりでいた　その最中
で書けない理由を都合よく見出したの
だった　と言うか　私は蚊による打撃
の結末を痛みよりも痒さに耐えられな

いのがありありと想起できるのだった
私は不遜にも半袖のパジャマ姿で厳か
に詩を書こうというのだった　蚊は私
の右腕を狙っている　右腕は私の利き
腕である　それはＰ・Ｃのキーボード
を叩いているから無防備にならざるを
得ず　右腕を油断しているとする非難
は当たっていない　私はＰ・Ｃへの集
中を試みた　言わないことは無い　隙
を与えた　蚊はその機会を逃さない
私は左腕で対応した　やったのは私か
蚊か　一瞬痛んだのだ　痛みは暫くす
ると痒みに変貌するはずだだが私の左
腕も捨てたものでは無いはずなのであ
る　左腕に　それはスワンのように白

かったが　若い時代の鋭さこそ喪われ
たものの　技巧が加わっているはずだ
った秋になってもその戦闘的な蚊は黒
々として小さかった　素早く飛行し影
を利用する　蚊本来の根源的な遺伝子
を身に付けて私を喰った　刺した
私はそろそろ寝る必要があった　明日
のために寝なければならない　未完の
詩をＰ・Ｃに刻み上書き保存し　私は
机上の電気スタンドを部屋全体の明か
りに切り替えた　すると　散乱する紙
の一枚に染みに似た黒い屍骸の浮いて
いるのが見えた

赤とんぼ

潔は　庭に立つ梅の若木の頂きに一匹の赤とんぼを認めた　主に樹
木が占める庭に面した小さな部屋　硝子戸で庭に接する部屋の一隅
に机を構え　潔が書いたり読んだりしていると　ふと過ぎる赤い物
体があった　東京湾から北上すること二〇キロ余　二〇二一秋東京
近郊に赤とんぼの奇跡　潔の背くらいの梅の若木天辺に　孤独な赤
とんぼが止まっている　潔は確かめるべく外へ出た　彼は逃げない
〈どうしたのどうしたの赤とんぼ君〉なかば吃りつつ声を掛けた
体長三センチ　左右に夫々ふたつの翅　小刻みに震えている
〈逃げないんだよ　小夜さん　ぼくが敵でないこと　感じるのか
背中が鮮やかな赤　血のようです〉潔は長く観察していたが　切り

がない　部屋に戻り　再び硝子戸越し　蜻蛉も時折樹から離れ上空を旋回し又同じ枝〈どうしたんだろう　季節は確かに秋午後三時過ぎ　風も吹き　涼しく〉そして潔の不思議の氷解する時が来た〈そういうことか〉蜻蛉が二匹　とても劇的　潔は再び外に出る　樹木の天辺　あいだ八センチほど空け　震えながら
〈寒いのではない赤とんぼには絵に描いたように相応しい季節到来
小夜さん　翅を震わすのは蜻蛉の本性です〉
新たな出現者は雌であろう　体長大きく赤が薄め　潔は不粋をやめ部屋に戻り読書再開　けれどお邪魔虫根性で　良く言えば愛し合う二匹を見守る
〈すると一匹が空に舞い上がりました　逡巡の上　降りる　浮上と降下のリフレインです〉潔には彼らの行く末が見えた　出掛ける用事があり　戻るとやはり　いなかった
〈小夜さん　彼ら何処に消え　どうなったのでしょう　幻のよう〉

小待宵草

深夜えんじで透明なガラス製花瓶に開いている花
大方の草は眠り花弁を閉じている
或いは終末に向かって進んでいるようだった
開いている花は白と黄の二種である

白色の花は小ぶりな姫女苑　幼少から記憶にある
花は夜となく昼となく咲いている
立ったまま眠る馬のように花は眠っている
どこか繊細さに欠け　いつも笑っている

黄の花は昼は眠っていた
夕食に向かった時まで　私は花に気付かなかった
花弁を閉じていたからだ　花弁は豊かな八弁
直径二センチ　雄しべ雌しべも黄色である

私は静かに植物の本を開いた　待宵草の一種
花ハ終ワルト赤クナル　コマツヨイグサ
そうか　萎んだ濃い赤の花が周囲に落ちている
触ると赤みを帯びた花茎と共にぽろりと落ちた

萎んで明朝はすべて散る身　北米からの帰化植物
次から次へ生命は同じ運命たどり　世代は交代する
百年　千年　数千年　小待宵草

おまえは私の深夜の教師である

傷

理髪帰りの道端の山茶花《さざんか》
白色の　おびただしい山茶花
紅は庭に見慣れ　咲き乱れている

ひと枝の白い蕾に傷
私の小指関節はこぶ状の傷
傷を抱えて　なおも生きる生物

山茶花とは親戚の種ながら　椿は
どさっと落花の瞬時の傷心

碧梧桐《へきごとう》は詠んだ　赤い椿白い椿と落ちにけり

散りたい放題
白もくれないもちりぢりに
風に吹かれる山茶花

しずしずと

愛しいひと
深夜　雪のふる音を聴いてきたよ
しずしずと天の襞をくぐり抜けてくる

中華飯店の外灯を　ガレージの灯を　透し
砕けた氷粉が降りてくるよ　自らも震えつつ
するすると　しずしずと
天の遠くから大きな塊が砕氷されて

ぼくは何に震えているのか

冴えかえる空気の中でからだをがくがくさせ
しずしずと来る小夜を歓喜の心で迎える

雪の小夜
梢をしならせ寒気に耐える鳥が
朝の明かりを待っていたよ
しずしずと豊かに降る雪をこころに抱き

傷ついた奈良の鹿彫りに

鹿は傷ついていた
傷ついて
雪に震えているのである

それは
奈良の森林から運び出された物体であった
彫刻師たちのしわ寄せた掌が彫った丸太
最初ぼくらはそう思っていた
それゆえ
それはぼくらの美しい玩具でもあったのだ

1969夏休み
ぼくらは青い森林の鹿たちと遊んだのである
森は深く
風はなくそれは静かな公園だった
木の間から陽光がさしていた
そして　ぼくらは憶いだす
その陽光を背に
一羽の鹿が立っていたのを
光る眼　動かない　細い肢体

夏から秋へ
ぼくらの内で落ちていったあき
そして音無く
玩具として生きた鹿の秋
その鹿が震えている

おまえ　ぼくらの玩具
そうだ
いまぼくらはおまえと呼ぼう

今晩鹿は遠い故郷に向かい
祈るように震えている
祈るように
おまえが窓越しに覗く白い光
あれは夜の公園におりてくる月の光ではない
ましてや
おまえが棲もうとした
おまえたちの森の陽光ではない
雪なのだ
この北の地にふたたび訪れ
すべての彩あるものことばあるものの上に

覆いかぶさる
あの雪だ

震えることで
ぼくらの玩具をやめたおまえ
ぼくらの内で
傷付き物体だったおまえ
ぼくらはおまえを放すだろう
行くのだ　今こそ
おまえは　おまえたちの世界に
戻らなければならない
おまえの命を
おまえはあの青い森林に過ごすがいい

鹿は

傷ついている
傷ついて雪に震えているのである

Ⅲ章　人類の哀しみの日に

影

太陽は豪放　照りに照った
そこの郵便局まで歩くと
二の腕が焼けた
ほの赤い影に見える

炎昼は冷房の部屋にこもった
隅の方でパソコンに向かう
猫背の姿は水底に潜む平和な亀

夕方になると焼酎を氷で割った

氷は間もなく小さくなり
影ほどになり

コロナ禍の夏　だが今年も傷は語られた　語られるべく
昭和二十年三月　六月
八月六日　九日　十五日
階段に遺ったひとの影
一方他国に遺した傷痕

光と影
机上の細い蛍光灯が壁に猫背の影を
異常に大きく映している

マスク

戦時下にある人びとが降り立って日本の土を踏んだ
静かにからだに触れ　束の間接吻し
触れあう白いマスクと肌色のマスク
碧い眼の若い女性と母親を想わせる女性が
忍び泣き　顔が赤く染まっている
愛しく切なく

国はすでに取り戻せない境に到り
時代錯誤と非難しようが時代遅れの行為と嘆こうが
悪夢のごとく黄からくれないへ

戦車行き交い画面越し砲撃の音　崩壊のビルと家屋

この様にも何故くり返されるのか　忘れがたい故郷
壊されゆく祖国と離ればなれになるとは
この生に重なるところ私も想っている　かのひと
白いマスクと肌色のマスク

天邪鬼

近所に律ちゃんという女子がいた
御年四歳眉濃く目鼻立ちの
はっきりとした少女だった
そのころぼくは中学生　妹も小学生
律ちゃんはそれなのにわが家で遊んだ
どんな会話をしたのだったか
ただこと事に反対した

たとえば

〈美味しいかい〉
と聞けば
〈美味しくない〉
〈きれいだね〉
と言えば
〈きたない〉

極端な第一反抗期の少女だった
律ちゃんのお母さんは結核に罹り
長い間遠い所に入院している
彼女は恋をしていると
近隣のお母さんたちの噂話
しかし多分そんなこと
律ちゃんの反抗期には無関係

（こんな話を記憶するぼくこそが可笑しな人間だ）

天邪鬼は第一反抗期の別名
律ちゃんだけではない
人間に固有の　また
幼年期における人間の普遍的な形態だ

あまのじゃく
天邪鬼
反抗期
天邪鬼の反抗を笑えようか

青年

空気澄み　冬の星座きらめく真夜
青年が出かけて行く
こんな時間に帰ったり　出かけたり
青年の家族は　姉さん女房に小学生
春先の朝に赤い鞄の少女が泣いていた
大きな家解体後の三軒の一つに住む

毎日が日曜日の
ぼくの変哲無い日
あたかも受験生

二時に起床すると　青年が
仕事から帰宅したのか　出掛けるのか
自動二輪の猛烈なサウンドが波立つ

長方形の箱を横にしたような建築物
コンビニエンス・ストアに立つ
青年の頭上
ＬＥＤのライトが煌煌とかがやく
優しく物憂げな眼が暁闇を覗く
時折これも孤独そうな青年の客

黒い車体が音を立てブレーキかける時
青年の顔に走る怯えた色
最低賃金をという声が青年に届く
千百円に及ばぬ己の時間というもの

昼と夜の転倒を容認する脳の構造
天と地の差額黙認の図式がある

けれど青年はへこたれない
朝の陽が眩しくドアから押し寄せる
それを機になじみの客が次々と侵入
顔が安堵と緊張の複雑な表情に転じる
やがて家族を思い青年は還るだろう
自動二輪のサウンドを更に波立たせて

輝く命

八重のたましいが不在のあいだ
八重の家の庭に雑草群棲し
他人からは荒れた家
桜も散った土曜の夕昏れ
他人を真似て草を抜く
ほんとは
春紫苑さえいとしかった

生きるものすべて
すべて　愛おしく

白に黄に水色を誇り筒状にも開いた
ある花は花弁を精一杯広げ三ミリ
たんぽぽの茎は短かった
根から首が出ているだけ
そのためたんぽぽは疎外された

八重のたましいが帰った土曜日
夫に子ら　空っぽだった住居に
命を与えなければならぬ
そして
八重の向こうでいつも
世界はきしみ　すすむ破壊
その捻れる音を八重は聴いた

マスクをしなければならず

そのため　からだは
すこぶるすこやか
こころは傷んだ　いたみつつ
愛に満水　他人を真似て草を抜き
抜いた草花を活けてみる　すると
小さな花の命の輝くのが見えた

八月

永かった梅雨が明けると八月だった
早朝　新聞を取りに玄関を開けた
甘い水のような朝の冷気が流れ込む
蟬が一斉に鳴き始めている
百日紅が花を一杯に広げ始めた

梅雨の前もさなかもコロナウイルスと
対峙した人類だった
得体の知れぬウイルスへの怖れ
マスクし「ソーシャルディスタンス」

「新生活」の開始だ
私は生きたい

ワクチンの早期誕生に期待している
それまで頑張ろう
この思いは世界の大方の人と共通する
のではないか

ところでこの危機は
人間自らがもたらしたもののようだ
人類の歴史
ことにホモサピエンスの十万年
いやここ五千年程の自然開発の歴史
運命とは言え
飽くなき自然への働きかけは破壊だった

ウイルスとの闘いとは
ウイルスの復讐への闘いではないのか
続けなければならぬ闘いではある
だが人類の過去への省察を加えながら
なすべき防御の闘いであろう
自分に言い聞かせるように私は呟いた
百日紅の花のどっしりとした図体が
微妙に揺れている

うっすらと雪のごとく

雨に見舞われ
側道や径に吹き溜まった白い物
まさしく雪のたたずまい
陽光戻り
梢には白い花弁と紅の蕊が濡れ光っている

異常気象の地球
桜花に降雪は実際あったことだ
二男の小学校入学式に降った雪

二十数年も以前
関東南部に降雪の続く日があった
沢山の小鳥が死んだ
幼い子供らに見せたくなかったが
清水公園の樹下に無残な亡骸を発見した日

いま私は錯覚する
危うい生活のなか
樹上に路上に少し汚れた雪と

マスクをした学生が歩いてゆく
マスクを着けた黒いスーツの若者が
駅へと急ぐ
水分を失い急速に干乾びる路上に散った花びら
新年度を迎えたものの

ウイルスに怯えるわれらの生活
そんな人間を尻目になおも樹上に遺る妖美な桜
地球の裏側では墓標のない曠野の献花
嵐と号泣の衛星放送

ジャンボ

二〇二二　引き続くコロナ禍と温暖化
地球が揺れた年である
これら半自然の手に加え
人工の手に成る核の脅威に接近
戦争行為に到る
ヒューマニズムの
喪失の危機に晒された
二〇二二　北緯三六　東経一四〇度
我が家の荒れた庭に
蜥蜴《とかげ》が異常に多く姿を見せた

三ｍのジャンボな蜥蜴がいるそうだが
我が家の蜥蜴は一〇cm程
三ｍがウヨウヨ現れたらそれは大変だ

およそ二億三千万年から七千万年前
恐竜と呼ばれる生物がいた
中生代三畳紀とか白亜紀と名付けた
大昔のことである
フレングエリサウルス　ティラノサウルス
福井サウルス等呼ばれ今は滅びて留守
巨大隕石の激突でこの星に棲むものら
太陽光線を失った
結果サウルス達は絶滅滅亡し
二度と無かった　この世に現れること
現在の鳥類の先祖とされる

空飛ぶ恐竜は生き残ったようだが
かれらは「恐竜」に分類されてない

恐竜の一部はジャンボ
中に体長四〇背高一八mのものもいた
ようだ　なんて痛々しいこと
さて人類らしきものが生じるのは
それから六千三百万年後のこと
私はいま蚊の果敢な攻撃に晒される
小さな蚊の哀しみ　巨大な人類の悲哀
かつて響いた体長四〇mの巨大な悲鳴
そして人類の哀しみのジャンボが迫る

ギリシャ風建築物を横目に

免許を返納した　自転車である
スーパーまで緩く長い坂道をたどり行く
行きは下り　帰りは上り
その道の　行きは左　帰りは右の
古代ギリシャを感じさせる児童館を眺めつつ
緩く長い坂道をたどり行く

コロナ対抗　ワクチン接種から三日目
前日副反応　三十八度を超える高熱を発しふらふら
その日は早朝から三十六度　一気に回復した

スーパー向かいの或る電気器具店からの帰り
目立つ赤緑黄黒色でアルファベットが窓に描かれ
児童館の敷地に十段ほどの階段があり
その上下に二面の庭

下の庭には　恐らく無用のエンタシスのポールが
建っている　それを眺めつつ
自転車を漕ぐ　ああ漕ぐのだと意識して漕ぐ
漕ぐは舟の場合ではないのかと　ちらと想いつつ
いやはやり　自転車も漕ぐのだと実感する
坂は緩いようで乗ったまま登り切るのは困難

自転車を漕ぐのがきつくなる
大河を遡って漕ぐのが困難を伴うように
するとその時啼くものがある　カナ　カナ　カナ

ヒグラシだ　好ましい蟬の　蜩
漕ぐのを止め自転車から降りる
舟を漕ぐのを中止し船から降りれば川底又は湖底

しかしここは日本列島の一角　陸上である
こんどは自転車を押し坂を登る
それは浅いが急流の川　舟を押す縄文人
右手にエンタシスの柱
ギリシャ風建築物を横目に
坂道で自転車を押せば下も向く

眼下に見る小景
葉月の初めというのに落葉
空を仰ぐ油蟬のなきがら
何という名前の花か

紫陽花の
百分の一程の大きさのピンクと白の花

つれづれに

喜び例えば　例えば　例えば　ハイビスカス
深紅をあからさまに自由にひらいている
明朗な輝きの中深く沈潜してゆくものよ

怒り
例えば　例えば　ダリアぽんぽんダリア
球根による年月を経た結晶一面哀しみに
似た表情を見せ　咲きつづける夏のはな

哀しみ

たとえば　例えば　例えば　山百合の花
夏の川に飲まれた中学生　広之に捧げる
その造花は　風に揺れて生きているよう

楽しみ
宇宙の意味を併せ持つ　コスモス　秋桜
繊細のようで　骨太　起き上がり小法師
だが星屑の降る夜　蔵の裏で震えている

しかし　一方　喜怒哀楽は人間のあらゆる感情を指す
超有数の四字熟語
考えることもある
熟語中の　楽しみ　は喜びの感情に含まれないか
人間の大いなる感情　憎しみ　が抜けている　と

人類の哀しみの日に

人間の普遍的な哀しみの姿を思わずに
いられない

狼に喩えたら　狼が可哀そう
顔は　本来　採り上げてはなるまい
顔はだれも自由
顔は個性にあふれ　それがいい
だがこの場合赤頭巾ちゃんの狼のよう
狐ではなく　男は名立たる狼

この広大な宇宙の　青い星は崩壊し
やがて瓦解するだろう
いや青い星はもっと青く澄み続け
公転の運動を　自転を続けるだろう
滅びは　人類にやって来る

まやかしという言葉が存在し
その実態のある哀しみ
それも大がかりな
戦争準備のための
開始のための　女を守り子供を守ると
侵攻のためのまやかし
ザ・ピース取り返すためなるまやかし

悪い狼が一頭馬車を走らす凍土

しかし　その狼の意思だけではない
かれを取り巻き
かれを火で駆り立てる勢力の存在
戦争屋　戦争用具店営む死の商人よ
世界のとある街角　何かに怯えながら
抱き合っている　マスクをした男女

いま

いま味わっている昨日のレモン
いま見つめている昨日の花
昨日の失敗を今日悔やんでいる
昨日の出来事をいま書いている

砥石にあてぬ包丁の鈍い光沢
夜明け僕は夢の感覚を引きずっている
抜け殻のような僕の作る朝食
満ち足りる妻の夕食　そのサラダ

僕がいま失っているあなたの声
あなたを初めとする人々
閉じることのない世界の叫び声
耳に栓をし僕はコーヒーを飲んでいる

くりくりとした眼に
結局僕はだまされている
すべてを見る眼が必要なのに
山桜の咲き始める日の麗しさ
醜く散りつつやがて実を結ぶ全行程を

昨日僕は桜並木の大樹の根元に
可愛くついた花の塊を失敬した
ケーキのそくめんの生クリームに
誤って付けたチョコレート

そう考えた僕の罪と罰
暖かな部屋で花が傷のように咲いている

そしてどこかで砲火が準備されている
昨日の炸裂を昨日のこととして
僕は聞こえない振りをしている
不自然な原子力発電のもたらす災厄
この国のトップがする輸出の思想

僕が付けた昨日の傷をいま舐める僕
かつて啄木は〈明日の必要〉と言った
僕はその考察に耳を傾けず
昨日の小さな幸せの中に住んでいる

解説　「芭蕉の背中」を追って「人類の哀しみの日に」記される詩
髙橋宗司詩集『芭蕉の背中』に寄せて

鈴木比佐雄

1

二〇二一年に第一詩集『大伴家持へのレクイエム』を刊行した髙橋宗司氏が、二年近くで第二詩集『芭蕉の背中』を刊行した。第一詩集の解説文の中で私は次のように髙橋氏の詩について論じている。

《髙橋氏の詩の特徴は、言葉とは何かという問いを絶えず発しながら、亡くなった他者の言葉、様々な仕草、残された事物、その時の情況などを通してその意味を深く反復し続けていることだ。つまり他者の言葉や言葉と感じられる多様な事柄を問い返すことで、他者の存在を偲び自らの血肉になった感謝の思いを詩に刻もうと試みている。その意味で髙橋氏は他者との関係性の中で成立する鎮魂詩の領域を豊かにしようと試みているのだろう。》

そのような「鎮魂詩の領域を豊かにしようと試み」ることは、髙橋氏の言語の稼働領域が幅広い表現領域を包み込んでいることを指摘していた。そして大伴家持の短歌を引用して次のように髙橋氏はその短歌と対話して、親しい人を失くした悲しみを堪えている精神の在りかを伝えていることを論じている。

《詩「大伴家持へのレクイエム」は、親しい人を亡くした喪失感で、利根川の土手に向かい、大伴家持の短歌「うらうらに照れる春日《はるひ》にひばりあがり情悲《こころかな》しもひとりしおもへば」を想起する。そして「家持のこころは千二百年後の人のこころを読みとっているようだ」と語り、「上空にさえずる雲雀と世界が悲しい」と髙橋氏は胸が張り裂けそうになる。（略）最後に髙橋氏は「木々がうすみどりに整列する季節／うつくしい秩序の中で家持のようになぜ哀しむのか」と、人間とは家持にならい、いつの世も亡くなった者たちを悼み、その哀しみである挽歌《レクイエム》を詠い続ける存在であると語っているのだろう。》

髙橋氏はこのように詩集『大伴家持へのレクイエム』において鎮魂詩・挽歌《レクイエム》のテーマを突き詰めていて、詩歌の根底には鎮魂詩があることを実作で試みていたことが理解できる。

2

今回の詩集『芭蕉の背中』では、鎮魂詩・挽歌《レクイエム》を根底に持ちながらも、さらに新たな領域に挑戦していることを感受することができる。本書は三章に分けられ、三十八篇が収録されている。Ⅰ章「芭蕉の背中」十一篇の冒頭は詩「芭蕉の渇き」から始まっている。冒頭の三連を引用する。

芭蕉の渇き

道の辺の木槿《むくげ》は馬に喰はれけり　芭蕉／／〈あなたは無花果が好きですか〉／粘りの抵抗を払い皮を剝ぐ／淡いイエローの果肉の中央は桃色／桃色のギザギザの裂け目に唇を当てる／疲労の極みの肉体／こころの奥をＢＧＭのブラームスが揺れ／／国道四号は登りにさしかかった／芭蕉の　おくのほそ道　を追う徒歩の旅／昼食後歩道を歩くこと四時間余／東北への地白河は小夜《さよ》の関越えとなろう／空腹だった　水　水が欲しい／長時間コンビニもなく激しい喉の渇き／／その折前方に鈍色に光りぶら下がる数個の玉／瞬時のとまどいののち手が伸びた／濃厚な液体の滴り　ほんのりとした上品な味／無臭であることが甘い匂いの感へと転化する／〈あなたは無花果はお好き〉／疲労のからだ潤し関越えをうながす無花果よ

高橋氏は三・一一以降に松尾芭蕉が歩んだ「おくのほそ道」の全行程二四〇〇キロを徒歩で辿ろうと試みたことがあった。しかし体調の問題があり、ドクターストップで半分ほどで断念したと聞いている。この詩篇はその体験がもとになり生まれたものだ。初めに芭蕉の名句《道の辺の木槿《むくげ》は馬に喰はれけり》が献辞のように引用されている。道の辺に咲いている木槿の花を愛でながら芭蕉は歩んでいたところ、その花を馬は美味しそうに食べてしまったという一見すると写生的な句だ。しかし高橋氏はこの句を詠んだ芭蕉が心の奥底に無尽蔵のような渇きを抱えていることを感受してしまったのではないか。その「芭蕉の渇き」とは命の根源の水でありながら、みちのくの美しい花のような存在を探し求めていく行為なのだと高橋氏は考えたのかも知れない。

高橋氏は北千住を出発し、かつての奥州街道である国道四号線をひた歩き、腹も減り喉の渇きも極限に達した時に、無花果の果実が迫ってきて、〈あなたは無花果が好きですか〉と芭蕉に問いかけたのだろう。もちろんその返答はなされることはない。けれども「芭蕉の渇き」に肉薄するように、道の辺の畑か庭に実っていた無花果という、どこか艶めかしい果肉を失敬して、存在の危機で緊急事態であるかのように身体が欲して、高橋氏はむさぼり喰ってしまったのだろう。そのような思いが三連目の最終行「疲労のからだ潤し関越えをうながす無花果よ」に結晶している。これらの三連にわたる描写は髙橋氏の歩いていく意識の生き生きした描写になっていて、今ここを誠実に生きようとする瞬間の連なりを詩に宿そうとしているのだろう。髙橋氏は最後の二連目に次のように芭蕉を追った自らの旅の想いを記している。

俳諧なる優れた文芸形態の完成者　天才芭蕉／かの人生は幾多の文芸のイデアを編み出した／〈白河の関越えむとそぞろ神のものにつきて／心を狂はせ〉死を賭した旅　芭蕉が抱いた憧／れ　その白河の関に到り／ダイヤのように浮上したたかが無花果の物語

髙橋氏は芭蕉の「〈白河の関越えむとそぞろ神のものにつきて心を狂はせ〉死を賭した旅」を追体験しようとした。その自らの旅を貫けば、命を失うところまで「心を狂はせ」たのかも知れない。その行為によって芭蕉の「死を賭した旅」に「心を狂はせ」てしまうことを身体で感じ取ったのかも知れない。その中でもこの「無花果の物語」は髙橋氏にとって芭蕉の心に肉薄した瞬間の経験だったのだろう。どこか洒脱に飾ることなく自己のありのままを曝け出し、少し茶化すようなユーモアのある語り口は、独特な詩的表現として心に刻まれる。

次に二番目の詩「芭蕉の背中」から冒頭の芭蕉の引用句と三連を引用する。

芭蕉の背中

雲の峰幾つ崩れて月の山　芭蕉／／――あそこにひとつ　向こうにみっつ　ビル残り　眼前に大きな寺／あとは海に向かう野原だ　被爆地広島・長崎のみたびの爆心地／ではないのか――／／霧雨でありながら／雨は五月雨として　船上を　松島湾を濡らし／舟は洋上の川を行く　とガイドのお嬢さんの声／／下船し歩むこと三時間／松島・瑞巌寺杉並木参道を　私の涙腺もろく／住職吉田道彦老大師の書「松島前進」の文字は太い／別のひとりの老師の重い言葉を耳にして／いち津波二に空襲と杜鵑《さつき》花の師　宗司

髙橋氏の「おくのほそ道」を辿る旅は、白河の関を越える「芭蕉の渇き」を体感しようとする旅であり、と同時に東日本大震災・東電福島原発事故後の松島などの浜通りの人びとを訪ねる旅であったのだろう。髙橋氏は松島湾を五月雨の中を船で巡りその被害を見て下船した。芭蕉もかつて訪れ、松島湾を眺めあまりの美しさに句を詠むことが出来なかった瑞巌寺にも立ち寄った。瑞巌寺は伊達政宗の霊廟がある寺院だが、その場所も戦争末期の仙台空襲の際に空襲を受けて被害にあっている。千年以上の歴史を持つ寺院の「松島・瑞巌寺杉並木参道」を歩いていると、この地が広島・長崎の爆心地のようだと、なぜか涙腺が緩んでしまったことを曝け出している。そして《いち津波二に空襲と杜鵑花《さつき》の師　宗司》と詠んでいる。二〇一一年の津波と一九四五年の空襲を五月雨の中で語る「老師の重い言葉」を聞いて衝撃を受けたのだろう。その老師の声は髙橋氏にとって芭蕉の存在を現代に甦らせる瞬間であったのかも知れない。髙橋氏は仙台、松島の少し先の石巻にも足を運ぶ。

宮城テレビの青年がリュックの私に声を掛ける　一見ボランティア風の私／どうしましたか　お疲れですか／三二二年前憧れの芭蕉と曾良が訪れている日和山／石巻十六万市民の一千人が命を奪われた地の　この丘／標高いきなり六〇ｍは丘とも言えない高さ／宮城テレビが報道する二〇一一・五・二九被災地ピンチ台風来襲／／石巻市街一望の山　山の花乱れ／野の蔓空へ急ぐ　山上／眼下／（略）／下れば　何か焼け跡のごとき臭い／石巻国道歩道の側溝につづく白い粉塵に　無理解の私／かの松尾芭蕉を追う「おくのほそ道」二、四〇〇キロ徒歩の旅は／哀悼を思い　弔問の旅に化す／私は歩み来った髭面の　先ほど分かれた同類を思い返す／／私がメモのため立ち寄ったコンビニの外／節電のささやかな光がいつまでも光り続かんことを／「被災者」髭面のために／コンビニの光がいつまでも届くように　祈るコンビニで出会った、津波で家も仕事も奪われて、墓地に供えられた饅頭を食って飢えをしのいでいる、かつて大工だった髭面の男に髙橋氏は共感を覚えている。その痛ましい回想であるけれども、この地で生き延びた人びとの赤裸々な生きる意志を詩に記すべきだと考えたのだろう。その被害者の生の声を聴いた後に、地元のテレビ局の青年に「どうしましたか　お疲れですか」と声を掛けられたりもする。そして「三三二年前憧れの芭蕉と曾良が訪れている日和山」に登り、石巻市の一千人が亡くなったこの地で、その死者たちの冥福を祈り、同時に髭面の男の幸いを心から祈るのだった。髙橋氏にとってこの北千住から石巻までの「おくのほそ道」は、鎮魂であり、生きる人びとの幸いを祈る旅だったのではないか。と同時に「芭蕉の渇き」に肉薄しようと白河の関を越え、さらに「芭蕉の背中」を追って東日本大震災後の松島、石巻にまで来てみて、山形の山寺に登り、「雲の峰幾つ崩れて月の山」と月山を眺め、髙橋氏は現代の「おくのほそ道」を体感することで、自らの魂の在りかと重ねて詩に記そうと試みた。その試みには芭蕉の精神を現代に真に生かそうとする果敢な精神の在りかを感じることができる。

3

その後のI章の詩でも鎮魂と再生を同時に願う詩篇が続く。「繭」では「母の丹精が籠る繭」からできた絹糸の記憶を回想する。「母の忌日」では「紫の桔梗と黄の菊の線香を立て」て偲ぶ。「故郷」では幼少から就職活動に失敗した経験などほろ苦い青春を記す。「ミヤコタナゴ」では故郷の絶滅危惧種である「ミヤコタナゴ」の再生を夢見る。「愛しい存在」では自分の好きな動植物を挙げて生物の多様な存在に驚きを感ずる。「百花」では「あらゆる草が花を咲かせている」とし「草は人間に似ている」と教え子の高校生たちを讃美する。「東川」、「おまじない」、「誕生の日に」などでは、家族などの身近な存在を通して共に生きることの喜びを伝えてくれている。

Ⅱ章「深夜のパンジー」では、「生き物」、「東方の天」、「敗北の蜥蜴」、「桜　Ⅰ」、「桜　Ⅱ」、「深夜のパンジー」、「六月の朝」、「夏のたそがれ」、「雨中の蟬」、「秋の蚊」、「赤とんぼ」、「小待宵草」、「傷」、「しずしずと」、「傷ついた奈良の鹿彫りに」の十五篇が収録されている。気候変動で季節感も変わりつつあるが、それでも健気に花や葉や幹の命を生き抜いていく植物たち、その植物と共生している昆虫の生態などが、水によって生かされて同じ存在者として存在することを慈しんでいる。

Ⅲ章「人類の哀しみの日に」では、「影」、「マスク」、「天邪鬼」、「青年」、「輝く命」、「八月」、「うっすらと雪のごとく」、「ジャンボ」、「ギリシャ風建築物を横目に」、「つれづれに」、「人類の哀しみの日に」、「いま」の十二篇が収録されている。新型コロナ下であり、ロシアのウクライナ侵略後の世界の中で、ありえない非日常が日常化されつつあることを憂いている。そしてそのような情況においても、詩「人類の哀しみの日に」では、「戦争屋　戦争用具店営む死の商人よ」と軍拡に急速に傾く国際情況の根本的な問題点を指摘し、最後に「世界のとある街角　何かに怯えながら／抱き合っている　マスクをした男女」とこの時代の象徴的な光景を記録している。このように「芭蕉の渇き」に肉薄し「芭蕉の背中」を追いながら「人類の哀しみの日に」詩を記そうとする髙橋氏の詩的表現力は、きっと日頃に詩を読まない人びとの心にも伝わるに違いない。

あとがき

一、二〇〇〇年前も花は咲き、散っていた。

ひさかたの光のどけき春の日にしづ心なく花の散るらむ

紀友則　（『古今和歌集』所収）

花が咲き、同時に散ってもいる今日、私はその今日が一、二〇〇〇年前の世と言われても驚かないような気がする。私はその時代の男や女と共に暮らしているだろう。

そういう意味ではかの芭蕉翁《おう》の生きた時代は私には、少し前の世界であったような気がするのである。芭蕉はごく普通のひとにして超人的な側面を持ち合わせていたに違いない。やはり沢山の人々に支えられながら。

周囲の人々にお世話いただく中で第二詩集を出せ、幸せである。中で、詩集の出版に全力で当たって下さったコールサック社の鈴木比佐雄、座馬寛彦、鈴木光影、羽島貝各氏、また装丁の松本菜央氏に深く感謝申し上げる。

二〇二三年二月

高橋宗司

高橋宗司（たかはし　そうじ）

1948 年、埼玉県所沢に生まれる。
1972 年、早稲田大学教育学部国語国文学科卒業。
2011 年、作品集『鮒の棲む家』刊。
1972 ～ 2012 年、千葉県県立高校国語科教諭。
2018 ～ 2021 年 3 月、現代俳句協会理事・「現代俳句」編集部員。
現在、千葉県現代俳句協会副会長。
2021 年、詩集『大伴家持へのレクイエム』刊。
2023 年、詩集『芭蕉の背中』刊。

現住所　〒 278-0043　千葉県野田市清水 527-10
E-mail　xfstp622@gmail.com

詩集　芭蕉の背中

2023 年 3 月 25 日初版発行
著者　　　　　高橋宗司
編集・発行者　鈴木比佐雄
発行所　株式会社 コールサック社
〒 173-0004　東京都板橋区板橋 2-63-4-209
電話 03-5944-3258　FAX 03-5944-3238
suzuki@coal-sack.com　http://www.coal-sack.com
郵便振替　00180-4-741802
印刷管理　（株）コールサック社　制作部

装幀　松本菜央

落丁本・乱丁本はお取り替えいたします。
ISBN978-4-86435-566-7　C0092　￥2000E